Du riechst so gut

Kintetsu Yamada

1

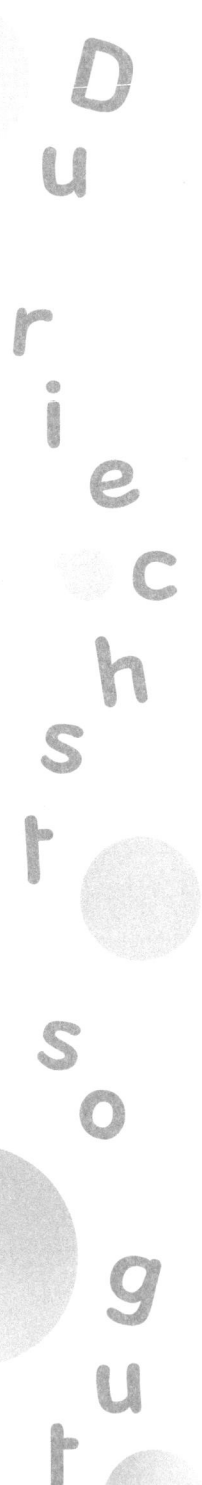

Inhalt

1 »Ich komme, um Sie zu riechen«

Für die Firma ...

... werde ich eine Woche lang ...

... an Ihnen riechen!

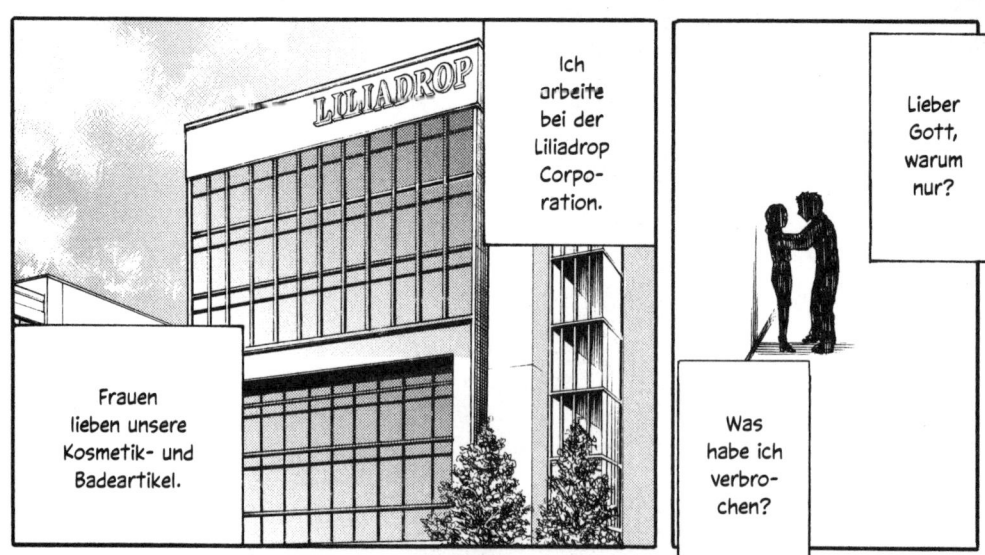

Ich arbeite bei der Liliadrop Corporation.

Frauen lieben unsere Kosmetik- und Badeartikel.

Lieber Gott, warum nur?

Was habe ich verbrochen?

Viele träumen davon, einen Job in dieser Firma zu ergattern.

Passend zum Markenimage sind alle attraktiv und selbstbewusst.

Alle ...

Riore
Deotücher

DEODORANT
POWDERSPRAY

... außer mir.

Puh! Keine Schweißflecken!

Von klein an hat man mich gehänselt, weil ich viel schwitze.

Ich bin Asako Yaeshima, 26 Jahre alt.

Deshalb habe ich stets Deos und Schweißhemmer mit dabei.

Mein Motto: Möglichst nicht bewegen, unauffällig bleiben.

Mein Alltag dreht sich um Schweiß.

Es gibt sogar zwei Sorten, Sunny Bergamot und Mint Drop! Wie sie wohl duften?

Hoffentlich fängt der Vorverkauf bald an.

Das ist die neue Seife der Sommersaison!

Produkt Sommer 2018
(anter Verkaufsstart 15.7.)
Body Soap
Sunny Bergamot
Mint Drop

Ich liebe die Seifen von Lilia-drop.

Mit ihrem Duft fühle ich mich so geborgen wie ein Baby in seiner Wiege.

Schnüüüff

Schnüff

Schnupper

Schnüff

Schnupper

Schnüff

Ich bin glücklich, in dieser Firma arbeiten zu können.

Schnüff

Schock

...!

Fsssssch

Entschuldigen Sie.

Ihr Geruch ist super-inspirie-rend!

Ich bin Kotaro Natori von der Produktent-wicklung.

Was W...
soll das?!

Haben Sie keine Angst.

Panik

I...

Ich verzich-te dan-kend!

Tatatapp

Dürf-te ich bitte ...

... noch in-tensiver an Ihnen riechen?

Was für ein Perverser!
Er hat meinen Körpergeruch bemerkt!
Tapp
Tapp
Tapp
Tapp
Dabei habe ich erst vorhin meinen Schweiß abgetupft!
Gwit
Schnell zurück zur Toilette ...
!!!
Ich bitte Sie!
Lassen Sie mich nur kurz schnüffeln!
Genau das hasse ich am meisten!
Hilfeee
Bamm

フン…
Schnüff

…

Hm?

Waaaah!

I... Ich habe Sie sicher mit meinem Gestank belästigt.

Aber bitte, lassen Sie mich leben!

Hä?!

Sorry! Ich wollte Sie nicht erschrecken!

Und ...

... Sie stinken nicht! Ganz und gar nicht!

Buch-
haltung
...

Zack

... Frau Asako Yaeshi-ma.

LILIADROP Corporation /
Buchhaltungsabteilung
ID : 1230

Asako Yaeshima

Für die Firma ...

Ihr Duft verleiht meinem Erfinder-geist Flügel!

... werde ich eine Woche lang ...

Deshalb möchte ich unbedingt noch einmal den von vorhin riechen!

Vielleicht inspiriert er mich zu einem neuen Produkt!

Fortan kam Herr Natori jeden Tag vorbei, um an mir zu schnüffeln.

Schreck

... an Ihnen riechen!

Was für ein Schlamassel!

Wie soll ich da nur Nein sagen können?

Grand Design Award / Planner / Kotaro Natori (29)

Für seine Verdienste wurde er sogar ausgezeichnet.

Er hat offenbar viele Seifen entworfen.

Was, wenn uns jemand sieht?

D... Doch nicht in der Teeküche!

Kein Problem! Ich mach ...

... es kurz und schmerzlos!

Frau Yaeshima!

Kommen Sie!

Ist es eigentlich unangenehm, berochen zu werden?

Hamm

Ich weiß nicht ...

Es ist etwas ungewohnt.

Unangenehm?

Sie wirken immer nervös, wenn ich an Ihnen rieche.

Ähm ...

Sagen Sie Bescheid, wenn ich mich irgendwie revanchieren kann.

Tut mir leid, dass nur ich Freude daran habe.

Ach so?

Noch nie hat jemand derart an mir gerochen.

?

Ja, genau.

Ähm ...
Sie entwerfen
doch die Seifen
von Liliadrop,
richtig?

Freude?

Die
Seifen
von Lilia-
drop.

Ich
liebe
sie.

Sie machen
mir also auch
eine große
Freude
...

... und
das nicht
erst seit
gestern.

Danke
vielmals.

Das
macht
mich
glück-
lich.

Schon als
Kind war ich
verschwitzt
und habe des-
wegen Kom-
plexe.

Aber wenn
ich mit den Sei-
fen von Liliadrop
bade, umhüllt
mich ein ange-
nehmer Duft.

Hätte nicht gedacht, dass sich jemand so über die Seifen freut.

Hoppla!

...

Dann hat sich die Mühe gelohnt.

ぱぁぁ...!
Strahl

!

Ja, richtig!

Ich hatte schon bemerkt, dass Sie immer nach einer anderen Seife duften.

Sie benutzen also ein paar verschiedene?

...
sprühe ich abends auf ein gedämpftes Tuch.

Das Eau de Toilette davon ...

...
benutze ich zurzeit Flying Citrus aus unserer Geschenkreihe.

Neben Peaches and Fields ...

Es ist so schön, das Gesicht in dieses zu drücken!

...

Nur als Geschenk erhältlich

Flying Citrus-Set

Es riecht nicht nur gut, sondern ist auch schön warm!

Ein anderer Duft, den ich mag, ist ...

Wow! Auf die Idee wäre ich nie gekommen!

Das muss ich ausprobieren!

Wupp

... und das nicht erst seit gestern.

Sie machen mir also auch eine große Freude ...

...

Na dann!

An die Arbeit!

Eine Freude?

...

Herr
Natori!

Guten
Morgen.

Was
machen
Sie hier
am Ein-
gang?

Kommen Sie bitte mit.

Wah!

Diese Augenringe!

So-fort!

Gwit

ガシ…

End-lich! Ich hab auf Sie ge-wartet ...

ぐるり

Wank

Er sieht erschöpft aus ...

?

Nein, die Präsen-tation ist perfekt.

Srrt

スッ

Dank harter Arbeit ...

Ist was passiert?

Dapp

ドン

Feuertreppe

Batamm

バ月

Gab es Probleme bei der Vor-bereitung?

Jetzt geht es mir besser.

Vielen Dank.

Förmliche Verbeugung

Ist alles okay?

Keine Ursache!

Haaach...

...das riecht gut!

ほう···
Entspannt

Ich hatte richtig Sehnsucht!

Nun ja, am Wochenende hab ich fleißig an der Präsentation gefeilt.

...!

Grusch
ゴン

Sehnsucht?

Apropos, ich hab Ihnen was mitgebracht.

Dabei musste ich aber ständig an Sie und Ihren Duft denken.

Das sind Seifen, die ich mal als Sample erstellt habe.

!

Wenn Sie mögen, können Sie gerne was davon haben.

Klong
Klong

Sssrt

Ist eine spezielle Mischung von Kräutern!

Zum Beispiel diese hier! Ich hatte die Qual der Wahl zwischen ihr und dem Flying Citrus-Set.

Na klar!

W... Wirk- lich?

Vielleicht gefällt sie Ihnen?

Ein ganzer Berg!

Ja, sie riecht wirklich gut!

Schade, dass sie nicht ver- kauft wird!

Schnüff

W... Was ist denn los?

Gwit

カバッ

?!

Ja! Das ist es!

Wie?

Das ist der Duft!

Frau Yaeshima...

Wieso ... jetzt?

... was haben Sie vor unserer ersten Begegnung gemacht?

Den wollte ich noch mal riechen!

Warum hat er mich ...

Ssst

... so ange- fasst?

Was war das?

Wieso nur ...?

Wuss- test du schon ...

... dass in der XX-Linie ein Perverser unterwegs ist?

Echt? Mit der bin ich heute Morgen ge- fahren!

Er schnüffelt sie angeb- lich auch ab.

Er be- grapscht die Frauen nicht nur.

Nein, nein! Du solltest echt auf- passen.

Aber Perver- se haben es nur auf Frauen mit großen Brüsten abgesehen, oder?

Mir ist noch nie was pas- siert.

Ist das eine Art Fetisch? Igitt, ich krieg Gänsehaut!

Aber er wurde noch nicht erwischt und ist auf freiem Fuß!

Und wie!

Das ist ja eklig!

...

Aber trotzdem ...

Das ist mir klar.

Herr Natori ist ganz anders.

... hatte ich in diesem Moment ...

... kurz ...

... Angst.

Zurzeit habe ich viel um die Ohren, aber es wird sich sicher ein freier Termin finden.

Könnten wir uns bitte noch einmal sehen?

Ich möchte mich angemessen bei Ihnen bedanken und mich aufrichtig entschuldigen.

Natori

Pling

Lieber Herr Natori,

vielen Dank für Ihre Nachri

Klack

Klack

Klack

Klack

Ssrt

Es war mir eine Freude, an der Produktentwicklung von Lilia-drop beteiligt gewesen zu sein.

Vielen Dank nochmals.

Es tut mir ebenfalls leid, dass ich bei unserem letzten Treffen unhöflich war.

Ich freue mich sehr, dass Ihr neues Projekt gut läuft.

Da Sie sehr beschäftigt sind, müssen Sie sich nicht extra für mich Zeit nehmen.

Zack

215P

(yaeshima

eshima
schuldigung 20:55:25 JST

13. Juni

natori.ko@liliadrop

Klatter

Viel Glück bei dem neuen Projekt.

Yaeshima

Jetzt, wo ich darüber nachdenke...

...hatte ich wirklich Spaß.

Katang

Katang

Katang

Wie das neue Produkt wohl riechen wird?

Es war schön, mit Herrn Natori denjenigen kennenzulernen, der meine Lieblingsseifen entwirft.

Ich freue mich schon riesig darauf.

Hrrrt

Ssst

Hrrrch Hrrcht

Was?

Er
...

Ich
begleite
Sie nach
Hause.

...

Tropf

...
beschützt
mich
...

...

Huff

Nein, Sie haben mir schon genug geholfen.

Ich hab mir schon gedacht, dass da was nicht stimmt.

Vielen Dank ... für vorhin.

Ein Glück, dass Sie zufällig in derselben Linie waren.

Mist! Hätte ich ihn bloß festgehalten!

Also war das wirklich ein Perverser?

Sie haben mir den Tag gerettet.

Wie?

Das war ... kein Zufall.

...

Ich bin zwar in dasselbe Abteil gestiegen, aber etwas weiter weg.

Ich wollte beobachten, an welcher Station Sie aussteigen.

Als ich Ihre Mail gelesen habe, bin ich sofort ...

... zur Buchhaltung gerannt, aber Sie waren schon weg.

Also bin ich Ihnen hinterhergerannt.

Das Produkt der Wintersaison ...

... eine Seife für seligen Schlummer?

Produkt Body Soap für einen seligen ~~Schl~~

LILIAD OP

Im Bad und im Bett, der Duft verändert sich je nach Situation!

Zwei Duftsorten in einer Seife!

Deine Idee mit dem warmen Tuch hat mich dazu inspiriert.

Eine meiner besten Ideen!

Klingt spitze, oder?

Schwupp

Ich dachte schon ...

...

Keine Sorge, die Seife riecht ganz anders als du.

Psst

Dein Duft gehört nur mir!

Ich hab es dir doch gesagt!

!

2 Aseko und Asako

Drehen
wir die
Uhr etwas
zurück.

Vrrm

Vrrm

Es war
der Mor-
gen nach
unserer
...

Vrrm

Vrrm

...
ersten
gemein-
samen
Nacht.

Vrrm

ぎょっ
Schock
Blut ?!
ばっ
Zack
Danke, ich beeil mich!
ドタバタ
Chaos
Oh nein!
Wie lange es wohl bluten wird?
Sollte ich eine Binde tragen?
ぎゅ…
Gwwt
バシャバシャ
Platsch
Platsch
Huah!
Wow!
Das riecht gut!
スー…っ
Fssssch

...

...

ﾞ-Ugh

An diesem Tag ...

...

Also dann!

Bis später!

Bamm

Sonst machst du nie so dumme Fehler.

Nimm dir den Nachmittag frei und ruh dich zu Hause aus.

... in der Mittagspause darüber nachdenken.

Bitte lassen Sie mich ...

Es tut mir leid.

In der Nähe wurde ein neues Café eröffnet!

Lass uns hingehen!

Tack

Ich bin
heute
...

Dong

Hach
...

...
wirklich zu
nichts zu
gebrau-
chen.

...
an letz-
te Nacht
denken.

Statt
mich auf
die Arbeit
zu konzen-
trieren
...

...
muss ich
immer
wieder
...

Zzt
Zzt

Aseko!*

Da!

Aber mein Name ist ...

Du schwitzt schon wieder!

Und du bist ganz rot!

Ha ha ha

Das passt aber besser zu dir!

I... Ich heiße nicht Aseko!

Weil du immer verschwitzt bist!

Das hat gewirkt.

So kann ich mich auf die Arbeit konzentrieren.

Ich heiße ...

...

Ach, hier bist du?
ぽんっ
Puff
!!!
W... Was willst du hier?!
Bubumm Bubumm Bubumm
ドキドキドキドキドキ
Haah
Hiih
Nun ja ...

Gwwt

Das
heißt
...

An
...

... letzte
Nacht?

Fwaah

Wank

Hm?

Wapp

T... Tut
mir leid,
aber
...

...
ich muss
mich kurz
frisch ma-
chen.

!!

Badamm

Nanu?

Schwank

Wieso...
dreht sich
alles?

Wie fühlen Sie sich?

Sie sind aufgrund von Flüssigkeitsmangel zusammengebrochen.

!!

Gut, dass Sie wieder zu sich gekommen sind.

Ah!

Ähm ...

Ssst

シャー…

Aber falls Sie sich nicht gut fühlen, gehen Sie besser zum Arzt.

Ihre Symptome sind nicht allzu schlimm.

Schock

ずーん…

Weil ich zu viel geschwitzt habe ...

Flüssigkeits...

...mangel?

Da bist du ja, Yaeshima, Liebes!

Geht es dir wieder besser?

Grrg

グリ

Grrg

グリ

Ja.

Morgen ist auch noch ein Tag.

Genießen wir ihn ge- meinsam zum Nachmittags- kaffee.

Danke, Herr Okura.

Wie wär's?

Meine Nummer

Kotaro Natori   natori.ko@liliadrop.o

Hier ist meine Handynummer! Ruf mich bitte an, wenn du dich erholt hast!!

↓

080-XXXX-0000

Klick

Obwohl wir die Nacht miteinander verbracht haben ...

Natoris Nummer?

... haben wir unsere Num- mern noch nicht ausge- tauscht.

...

Bamm

Heute Morgen wär alles so gehetzt ...

Pardauz

Äh

Hier ist Yaeshima ...

Hallo?

Vrrm

Ziumm

Wie geht es dir? Und wo ...

... bist du gerade?

Ähm, auf der Dachterrasse.

Ich wollte mich kurz ausruhen, bevor ich heimgehe.

Schreck

Baaamm

!!

8F Dachterrasse

4F Produkt-entwicklung

Hah

Hah

Öhö

Hah

Das ... schaff ich doch ...

... mit links ...

Bist du etwa gerannt?

N...

Natori?!

Danke, schon viel besser. Es war nichts Ernstes.

Und? Wie fühlst du dich?

Puh! Da bin ich beruhigt.

Haaah
...

»Hast du
es heute
Morgen
...

...
recht-
zeitig ge-
schafft?«

Gnn

...

»Magst du mir auch deine E-Mail-Adresse geben?«

は ...
Haah
...

»Tut mir leid, dass ich kein Frühstück vorbereitet habe.«

»Wie soll ich mich ab jetzt ...

... überhaupt verhalten?«

»Was hätte ich heute Morgen ...

... beim Abschied tun sollen?«

Sag mal, dein Name ...

Ich möchte ihn so vieles fragen.

ギゅっ... Ugh

Aber ich traue mich nicht ...

Das »Asa« von »Asako« ...

Und für Fasern und Textilien.

... das Schriftzeichen steht doch für die Hanfpflanze?

Hm?

...

Yaeshima Asako

Abbrechen   Neuer Kontakt

Mobil 090-△△△△-□□□□

Telefonnummer hinzufügen

Hat es eine bestimmte Bedeutung?

... sind robust und wachsen hoch zum Himmel.

Die Blätter ...

... dieser Pflanze ...

Die Menschen haben sie schon immer geliebt.

Also bei »Asa« denke ich eher an Textilien. Vor allem an Kleidung.
Hmm
Ebenso an Hanfbänder und Leinensäcke für Warenproben.
Leinenkleidung ist perfekt für den Sommer.
Aber jetzt, wo ich drüber nachdenke ... fühlt sie sich eher rau und fest an.
Das passt weniger zu dir.
Was den Geruch angeht, riechst du natürlich tausendmal besser!
Bsst
Sogar besser als jegliches Parfüm!
Außerdem bist du doch aufrichtig!
Aufrichtig gegenüber den Sachen, die du gernhast!

Damit meine ich natürlich ...

Ha ha ha

... die Seifen, die ich entworfen habe!

Wapp

Wapp

Tut mir leid!

Nein ...

Hab ich was Falsches gesagt?

Es ist nur ...

Hä ?!

Schnief
く"す...

Ich liebe dich auch.
Asako. Willst du ...
... meine Freundin werden?
Sst

... heute Morgen eigentlich küssen?

An der Tür ...

Du, sag mal ...

Wolltest du mich ...

!

Du hast recht. Ich wollte dich küssen ...

... aber ich hatte dir ja noch nicht meine Gefühle gestanden.

Warum entschuldigst du dich?

Tut mir leid!

Ich wusste nicht, was ich tun soll.

Ah!

Fsssssch

Von nun an ...

... werde ich mich aber nicht mehr zurückhalten.

... aber ich wollte es ...

... trotzdem erst mal klären.

Ja, gut, letzte Nacht haben wir uns schon zigmal geküsst ...

Zigmal ...

Ich werde noch mehr an dir riechen, dich umarmen ...

... küssen und noch vieles mehr mit dir anstellen.

...!

... Sei bitte ... zärtlich zu mir.

Wenn sie vor sich hin träumt ...

... kann sie den leckeren Kuchen gar nicht genießen.

Es muss was passiert sein ...

Träum

Einen Tag später

Kapitel 2 / Ende

Gelb, auf jeden Fall! Wird super zum Duft passen.

Ah!

Herr Natori, welche Farbe finden Sie für die Verpackung besser?

Natori, die Firma A hat uns einen Entwurf geschickt.

Sie möchten noch heute eine Antwort.

Bin auch Ihrer Meinung!

Oh ja!

Bleib ruhig.

Was, heute noch? Was wird aus unserem Zeitplan?

...immer von Menschen umgeben.

Es ist fast wie eine amerikanische Filmszene.

Er ist in der Firma...

Wow!

... dass jemand wie ich ...

... mit ihm zusammen ist?

Hmm ...

Was wür- den sie wohl sagen, wenn sie wüssten ...

Er kommt sicher auch bei seinen Kolleginnen gut an.

Wah?

Vrr Vrr

Ab in die Pause!

Schickt mir bitte nachher die Liste.

Tipp Tipp

Wupp

Hä?

Natori

Gute Nacht!

Heute

Lunch

Meeting bitte

11:01

11:01

...

Du hattest mich bemerkt?

Nur ganz leicht! Außer mir bemerkt es keiner!

Aber nein!

Schock

Mein Geruch ...

Ähem

Ja, dein Geruch lag noch in der Luft!

Für andere war dort nichts zu riechen.

Deshalb dachte ich mir, dass du in der Nähe bist!

Ich denke ...

... dass wir es noch ...

... geheim halten sollten.

Und? Machen wir es offiziell?

Ich bin noch nicht bereit dafür.

Außerdem leben wir in anderen Welten.

In anderen Welten?

Asako.

Wir sind doch keine Verbrecher.

Außerdem ist Essen und Trinken hier verboten.

Wie ernst ...

Andererseits müssen wir wegen unserer Geheimniskrämerei ständig den Meetingraum ...

... für private Zwecke nutzen. Es kommt mir vor, als würden wir ein Verbrechen begehen.

Sind es unsere Abteilungen?

Hamm

...

...

Was meintest du eben? Inwiefern leben wir in anderen Welten?

Oh nein...

Ähm ...

Ich will ihm nicht zur Last fallen.

Wie soll ich das erklären?

Das zieht mich richtig runter.

...!

... an dem wir unter uns bleiben können.

Es gibt noch einen Ort ...

Ach ja!

きょろ
Lins

ソワ
Dodomm

ソワ
Dodomm

ソワ...
Dodomm

きょ3
Lins

Lager-
raum A

ガチ

チャ...
Katschack

Piep

LILIADROP Corporation
Produktentwicklung
ID:A480
Kotaro N

パ

Zapp

ッ

!

Will-
kommen
im Lager-
raum A.

Und
ganz
hinten
...

Die Produkt-
entwicklung und
die PR-Abteilung
benutzen ihn.

Lager-
raum
A?!

Alte Plakate,
Geschenke und
Ähnliches werden
hier reinge-
stopft.

... ich habe einen möglichst milden Duft gewählt.

Menthol fühlt sich erfrischend an, aber ...

Ja, weil sich die Luftfeuchtigkeit ändert.

Du wechselst je nach Jahreszeit?

!

... zu deiner Seife passt.

Ich wollte nämlich, dass der Duft ...

Gwit

Stimmt ...

...

Ach, das
war nichts
weiter!

Ugh!

Hab etwas
Geduld mit mir.
Wir sind noch
nicht so lang
zusammen.

Tut
mir
leid.

...

Ist
schon
okay.

Hm?

Bssst

Ist da je- mand?

Ist da je-
mand?

4 Was wirklich wichtig ist

Es war
keine gute
Idee, sich un-
ter dem Tisch
zu verste-
cken!

Ob die
Decke wohl
zur Tarnung
reicht?

Mist!

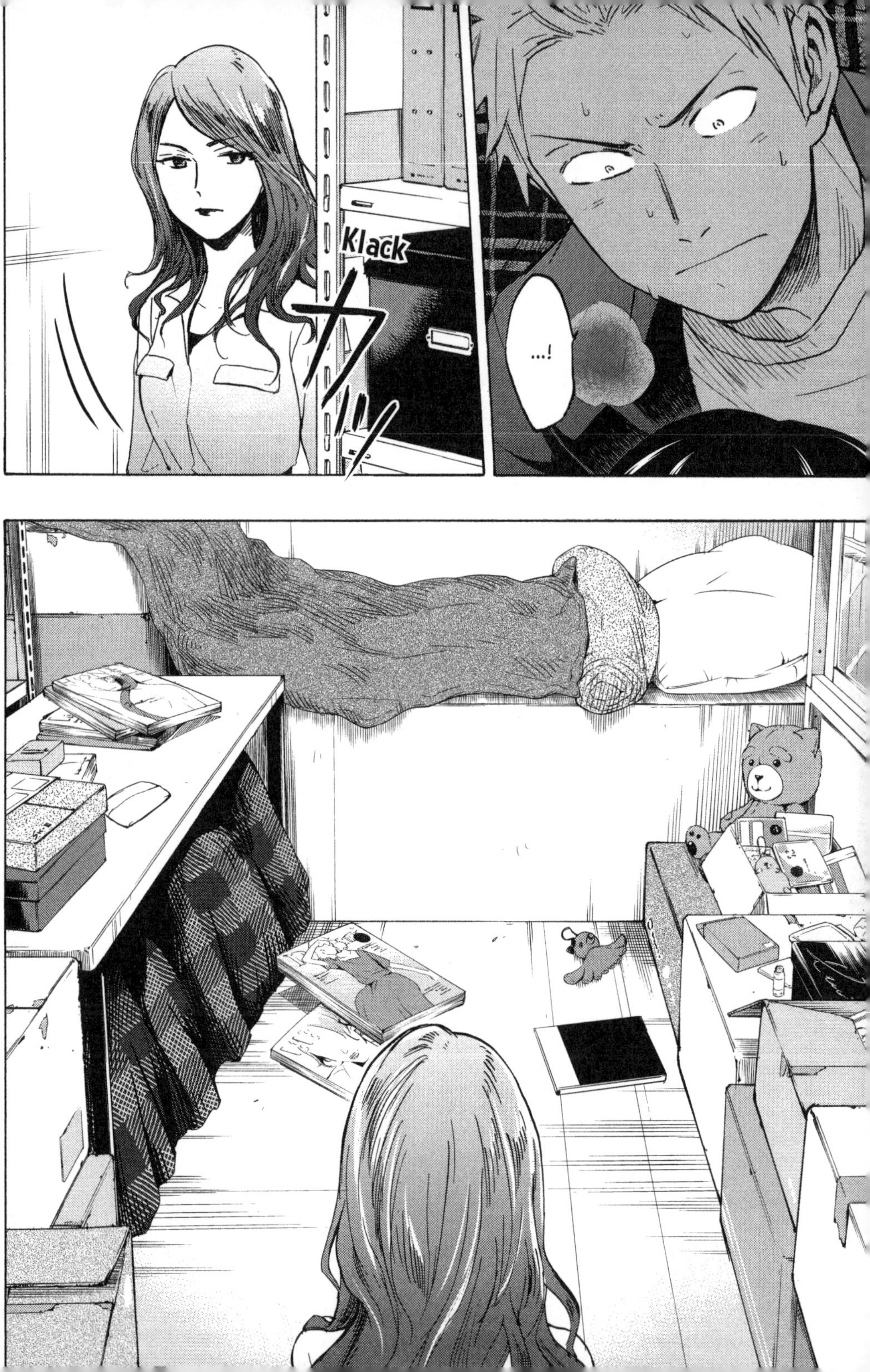
...!
Klack
カッ

Huaaah

In der Mittagspause darf ich doch wohl schlafen, wo ich will?

Nö, ich hab sie nur geliehen.

Sie lag hier im Lagerraum.

Was hat das zu bedeuten?

Ist das deine Decke?

...

Wir haben dort mehr als genug Freiraum.

Die Firma hat extra einen Ruheraum eingerichtet.

Nein, vergiss es.

Dort kann man schlafen ...

Warum benötigst du noch mehr?

... oder Bücher und Yogamatten mitbringen.

Ja, dort ist es bequem ...
... aber hier kann ich mich besser erholen.
...
Jeder Mensch entspannt anders.
Für Sie mag es Krempel sein ...
... doch für mich sind es Dinge, ohne die ich nicht leben kann.

... Falls sich die hohen Tiere beschweren, werde ich verschwinden ...

...

... und mir ein neues Nest suchen, ja?

Gwwt

Bitte ...

... drücken Sie ein Auge zu, Frau Tsubaki.

Hach!

Vielleicht schadet das sogar deinem Ruf in der Firma.

Über solche Dinge zerbreche ich mir die ganze Zeit den Kopf.

Tut mir leid.

Obwohl du mich immer aufmunterst ...

Du schätzt dich selbst zu wenig.

Ich hab doch vorhin gesagt, dass hier nur Sachen sind ...

... ohne die ich nicht leben kann.

... bin ich nicht ...

... selbstbewusst genug.

Und dazu stehe ich! Ich bin jederzeit bereit zu verkünden, dass du meine Freundin bist!
Aber ich möchte natürlich nicht, dass dir das unangenehm ist.
Also lass es uns geheim halten!
Bis du bereit dazu bist!
Danke.

Deshalb kann ich mir dieses Wochenende endlich freinehmen.

Übrigens ...

... sind alle Vorbereitungen für das neue Produkt erledigt.

Also ...

... wie wär's mit einem Date?

Asakos Wohnung

Ein Date?

CORADO 宝町1

Rummel

Rummel

Rummel

Ah?

Natori!

Klock

Hm? Ich bin zu früh dran.

Mit Brille siehst du prima aus.

Das stört mich überhaupt nicht!

Eigentlich wollte ich Kontaktlinsen reinmachen ...

... aber ich hatte leider keine Zeit, welche zu kaufen.

Äh?

Oh?

Also, wollen wir?

Wann habe ich das letzte Mal ...

...Händchen gehalten?

Dodomm
ドキ

Dodomm
ドキ

Dodomm
ドキ

ドキ...
Dodomm

Ssst

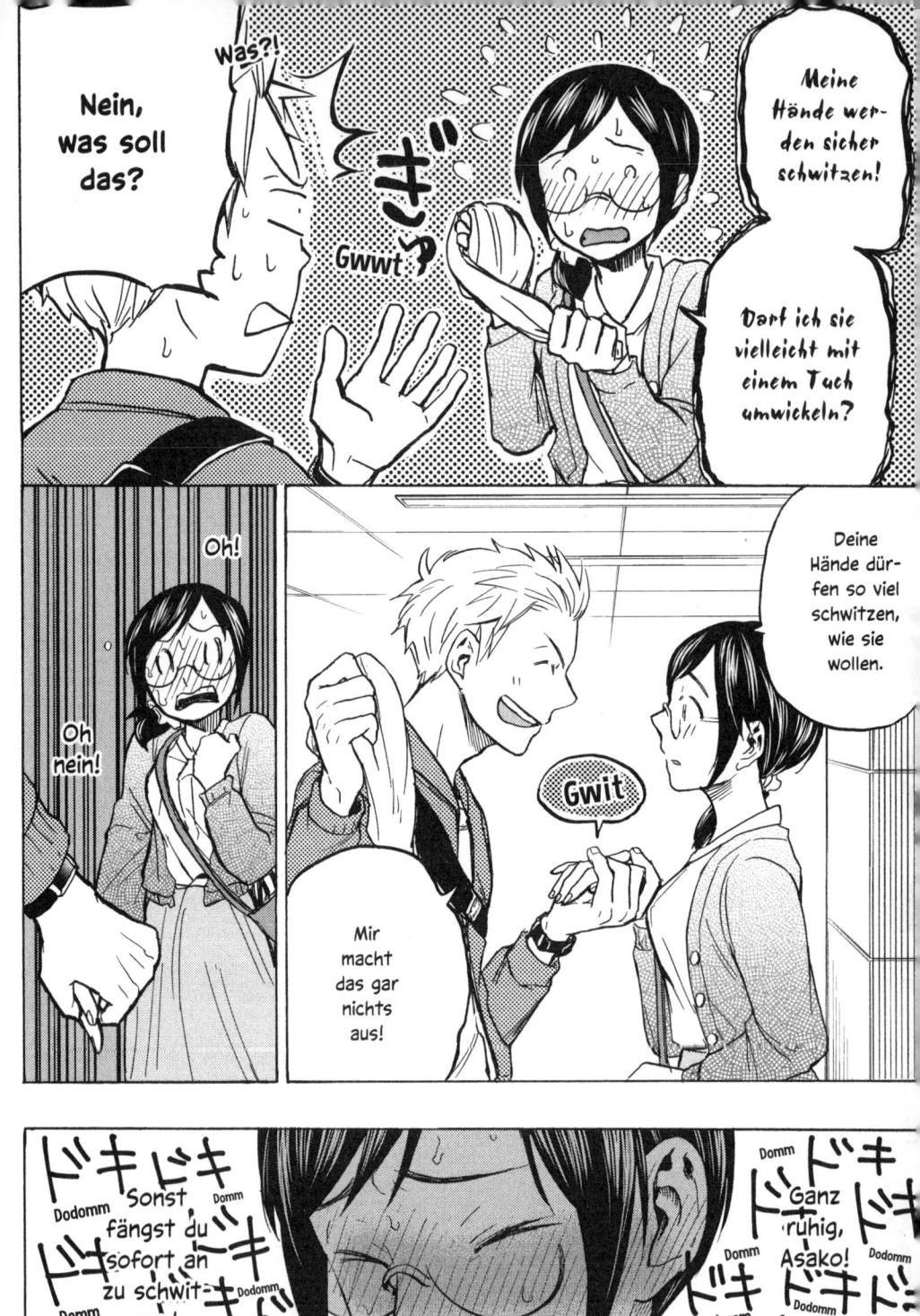

Es ist unser erstes Date!

Zugegeben, ich bin auf Wolke sieben.

Ni hi hi

Heute habe ich mich bestens vorbereitet.

Natori kann also an mir riechen, wann immer er möchte!

Hä hä hä

Bamm

グイイ

Gute Frage!

Was wollen wir essen?

Zzt

Wie gerne würde ich jetzt an ihr schnuppern...

Wusel

ワイ

Wusel

ワイ

Außerdem ist heute Samstag.

Scheint ein beliebter Treffpunkt zu sein.

Ganz schön voll hier!

Rummel

ガヤ

Rummel

ガヤ

Nein, halt dich zurück!

Urgh!

Ich würde gerne etwas für zu Hause mitnehmen.

Hä?!

Schreck

ドキ

Möchtest du auch was kaufen?

Wird gemacht!

Also ich nehm einmal gegrillten Mais!

Es ist erst drei.

Ah, aber dann muss ich das den ganzen Tag tragen!

Oder wollen wir später wiederkommen?

Wie wäre es, wenn wir jetzt gleich was essen?

Auf der Arbeit kann ich viel unbefangener an ihr riechen.

Lecker!

Komisch.

Aber vor den Augen der Verkäuferin muss ich mich zurückhalten.

Schade! Sie hätte sicher gut gerochen.

Ssst

Rummel

Rummel

Rummel

3

Pling

Hoppla!

Dopp

Dopp

Dopp

Gwwt

Gwwt

...

TOKO CINEMAS

Gut gemacht, Kotaro!

Ins Kino zu gehen war eine Spitzenidee.

Auf den Film habe ich mich schon lange gefreut!

Ja, ich mich auch!

... sodass ich Asako nicht richtig riechen konnte.

In dem Gedrängel waren zu viele Gerüche ...

... werden die Sinne geschärft.

Im Dunkeln ...

Warte mal.

Warum überlege ich heute ständig, was andere über uns denken?

Aber in dieser Dunkelheit kommt meine Nase voll zum Zug!

Zum Glück isst keiner Popcorn in der Nähe.

Außerdem kann ich mich ihr so unbemerkt nähern.

In der Firma sind natürlich auch andere Menschen.

Doch an Orten wie der Teeküche und der Feuertreppe konnten wir uns gut verstecken.

Ich habe an ihr gerochen, wann immer die Gelegenheit günstig war.

Aber heute?

Hm? Das ist ...

... Asakos Duft!

Schnüff Schnüff

Habe ich etwa mehr Anstand, als ich dachte?

Schnüffel

Ich würde sie gerne umarmen ...

... und gründlich an ihr schnuppern.

Haach, wie immer riecht sie umwerfend!

Lins

Das ist nicht so was wie Menthol, sondern ...

Aber irgendetwas ist anders.

...

Was? Der Film ist bereits vorbei?

Nanu?

Es ist sicher eine traurige Szene.

Das war spannend!

Rummel

Rummel

Rummel

Ein guter Film, nicht wahr?
Verdammt! Ich hab mich gar nicht auf den Film konzentrieren können!
Wie? Aber das Ende war ein bisschen traurig, oder?
Hä? Es war doch ein Happy End.
Echt ?!
Aber warum war Asako dann am Ende so traurig?
Ah, ähm ...
Es ist schon spät.
Wollen wir was essen gehen?
19:20
Nach dem Essen ...
... kann ich endlich ...
Hör mal ...

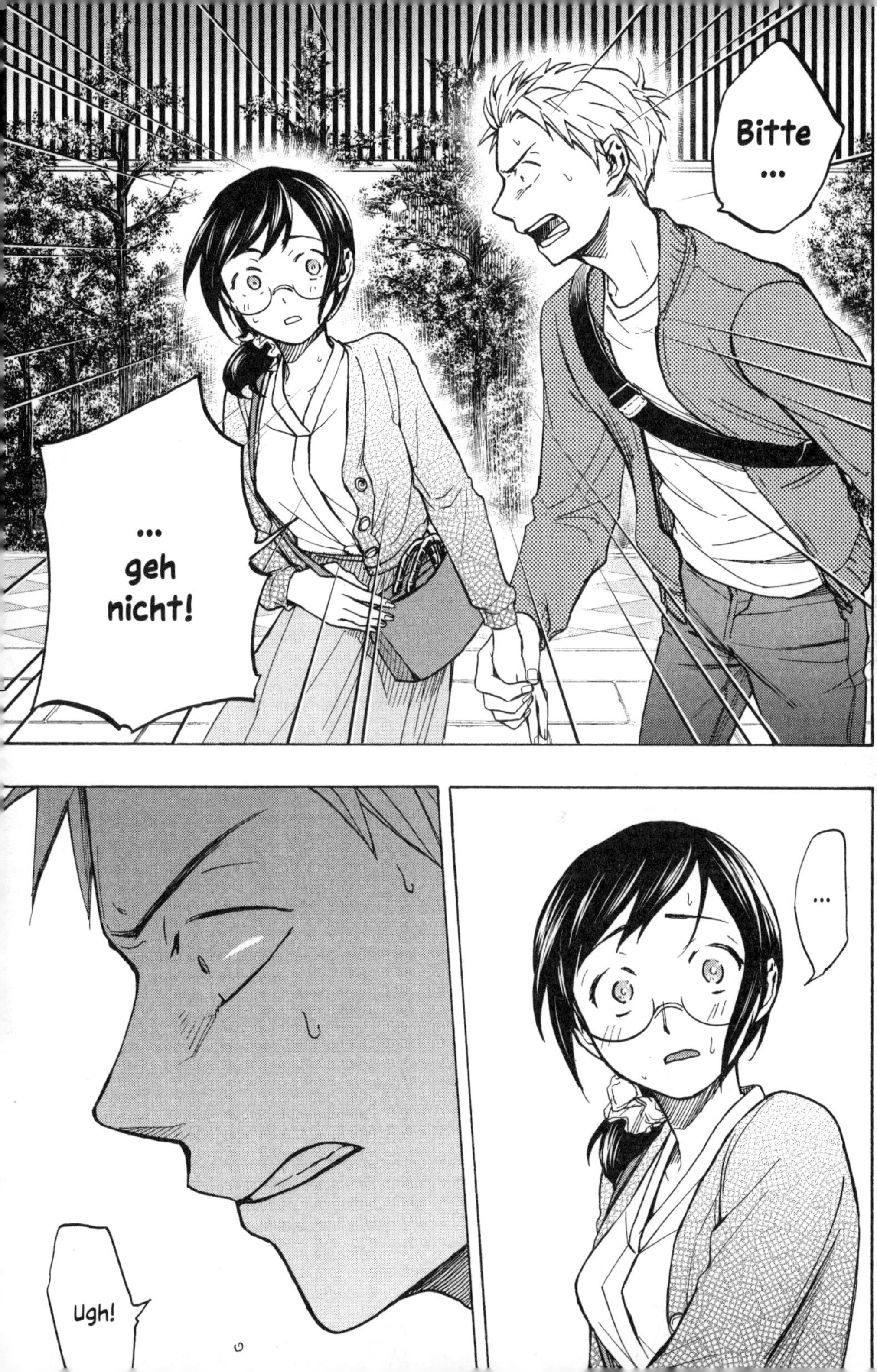
Bitte ...
... geh nicht!
...
Ugh!

Ich ...

... hab mich schon gewundert!

Während des Films hab ich mich nicht gelangweilt ...

... sondern ernsthaft überlegt, wie ich an dir riechen kann.

!!

...

...

... in der Firma konnte ich es unter dem Vorwand, dass es für die Arbeit ist, machen ...

... aber privat zählt diese Ausrede natürlich nicht.

Grrr

...

Ich glaube ...

Wupp

Wichtig ist, dass du nichts Falsches getan hast!

Es ist alles meine Schuld!

Tut mir wirklich leid!

...

Ach, Schluss damit!

Fwapp

Fwa

Fwapp

...

...

Du musst ... ... dich nicht entschuldigen.

Das war der Grund ...

...

Ssst

... warum ich mich heute die ganze Zeit zurückgehalten habe.

Eigentlich möchte ich jetzt sofort an dir riechen.

Und wenn möglich ...

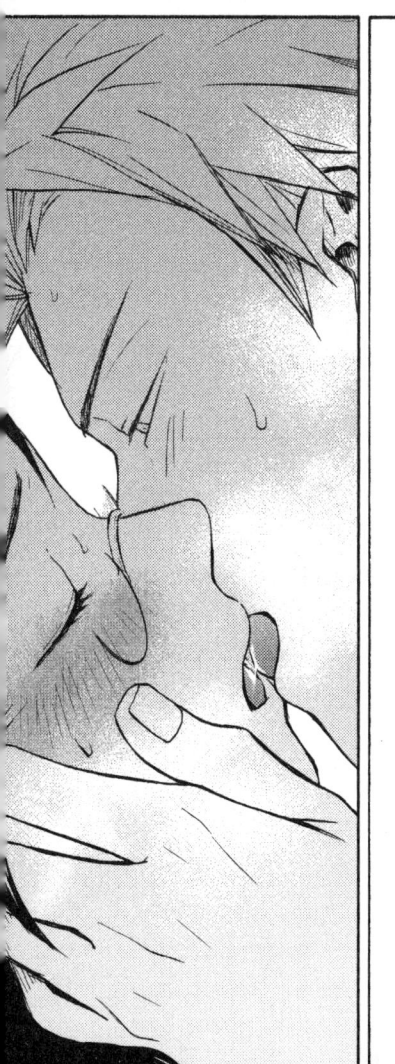

Ich
bin
...

...
Sonn-
tag ist.

...
... so
dass froh
mor- ...
gen
...

Das be-
deutet,
dass wir
auch
...

...
diesen Tag
gemeinsam
verbringen
können.

Kapitel 5 / Ende

Träum

ぼー…

6 Angenehmer Schweiß

Schnupper Schnupper

くんくん

すー…

Zzzz

Natori
...!

Allein
die Erinne-
rung haut
mich um!

Träum

Wo
...

... bin
ich?

Lins

...

Ich habe bei Natori übernachtet.

Ach, stimmt!

Kräuter-Lex

Innere Ruhe

Medical Herb

Düfte aufbek

Fragrance

Wissenschaft d

Parfümeur

Struktur des

melte Werke

rbuch

Ssst

スッ…

Eine pragmatische Farbe.

Die Decke ist dunkelblau.

Wow! So viele Bücher!

Kräuter-Lexikon

Innere Ruhe

Wissenschaft de...

Fragrance

Parfüm...

Struktur des Dufts

Medical Herbs

Düfte aufgeklärt

Klatter

Schreck

Kräuter Lexikon

Wah!

Oh, schon wach?

Hä? Kein Ding!

Ha ha は は

Hast du ein gutes Buch gefunden?

Ich wollte nicht herumschnüffeln!

... und hebe es eine Weile auf, ohne es zu waschen. Gute Idee!

Ich glaube, ich leihe ihr das T-Shirt für einen Tag aus ...

Ist was?

Starr

じ...

Urgh

Ich habe aus gestern gelernt.

Wenn du ernst dreinschaust, denkst du über seltsame Sachen nach.

A... Hä?

Schreck

Aber nein!

Hast du gerade komische Hintergedanken?

Ich hab heute nichts vor.

Du kannst gerne so lange bleiben, wie du möchtest.

Ähm ...

Bin ich so leicht zu durchschauen?

Was machen wir heute?

Oh?

Danke schön!

ぱぁ
Strahl ✦

あ

Das ist überhaupt kein Problem!

Wir müssten sowieso außerhalb essen, weil der Kühlschrank leer ist!

...

Das heißt, du kochst zu Hause nicht?

Mittagessen können wir im Café.

Ist es okay, wenn wir uns am Abend Fertigmenüs kaufen?

Höchstens Spaghetti. Ich hab auch kaum Gewürze in der Küche.

Nur ganz selten.

Also ...

...

... ich könnte heute Abend was kochen ...

... wenn du magst.

...!

Kaufen wir den Supermarkt leer!

Hier ist gar nix!

Was brauchst du?

Erwarte bitte nicht zu viel!

Jetzt echt?

Das wäre toll!

Du würdest für mich kochen?

Strahl

はぁぁ...

Und nicht vergessen, eine Zahnbürste für dich!

Damit du jederzeit hier übernachten kannst!

Dodomm
どき…

Ich darf meine Sachen hierlassen?

Tokyo Store

Hm?
Im Moment bin ich ziemlich voll.

Gibt es etwas, was du gerne essen willst?

...

Ich hab noch nie darüber nachgedacht.

?

Wie groß ist eine Portion für Männer? Reicht eine Hühnerbrust?

Huhn ...

Ah!

Auf Hühnerfleisch hätte ich Lust.

Was soll ich tun?

Meiner Mutter habe ich oft geholfen, aber sie hat immer für uns vier gekocht.

Soll ich lieber mal googeln?

Urgh

Was für ein ...

... schöner Anblick.

Hmm

Hmm

Babamm

Mensch!

Was redest du da? Lass mich bitte in Ruhe kochen!

Bitte sag noch einmal ...

... »sonst werde ich nass«!

Hä?

Noch mal ...

Depri

Fschhhhh ....

Hühner-
schenkel
mit Lauch-
zwiebeln
...

... und
Knusper-
tofu.

Beides hat meine Mutter oft für uns gekocht.

Lauch? Knusper?

Wie das duftet!

Es kommt mir trotzdem vor, als würde es ganz anders schmecken.

Hoffentlich nicht allzu schlecht!

Könnte ich dein Rezept für Hühnerschenkel haben?

Gelesen 16:40

Warum so plötzlich?

16:5

Ich will es jetzt kochen.

Gelesen 16:55

Sesamöl, Essig, Sojasoße jeweils ein Esslöffel

Zum Glück hat sie sofort auf meine Nachricht reagiert!

Hach

Mampf Mampf Mampf

Schluck

Dodomm Hamm

Guten Appetit!

Wow, das Fleisch ist so saftig! Ich könnte unendlich viel davon essen!

Ist das gut!

Alles spitzenklasse!

Mmh, der Duft vom Sesamöl ist auch super!

Argh, warum hab ich nur Reis aus der Mikrowelle?

...

Das nächste Mal habe ich einen!

Ich muss einen Reiskocher besorgen!

Aha, da sind also Knusperflakes auf dem Tofu.

Krsk

Lecker!

Das muss ich mir merken!

Wer hätte gedacht, dass Frittiertes so gut zu Tofu passt!

... ist es schön, für jemanden zu schwitzen ...

... der mir wichtig ist.

...

Schon so spät?

Ich sollte langsam gehen.

Äh

Dodomm

Willst du nicht noch mal duschen?

Oh はっ Mo-
ment!

Warum
schau ich
die ganze
Zeit aufs
Handy?

Tapp Tapp
スタスタ

Der Bild-
schirm
ändert sich
ja nicht da-
durch, dass
ich drauf
starre.

Starr
じ─···!

Stopf

Stopf

Lins
キョロ···

Bin ich nervig, wenn ich ihm schon wieder schrei-be?

Aber er hat nicht mal auf meine letzte geantwortet!

... solltest du ihm eine Privatnach-richt sen-den!

Falls du wissen willst, wie es ihm geht ...

Koo
Plopp
Po
Plopp
Po...
Plopp

Tapp
そわそわ

Tapp

Unruhig
ウロ
ウロ...

Zumindest weiß ich, dass er fleißig ar-beitet!

...

Yaeshima, Herzchen?

Und das sollte ich auch!

Mhm!

Mhm!

Dieses Pulver löst sich nicht auf.

Trinkst du den Fil-terkaffee, ohne zu filtern?

Örgh

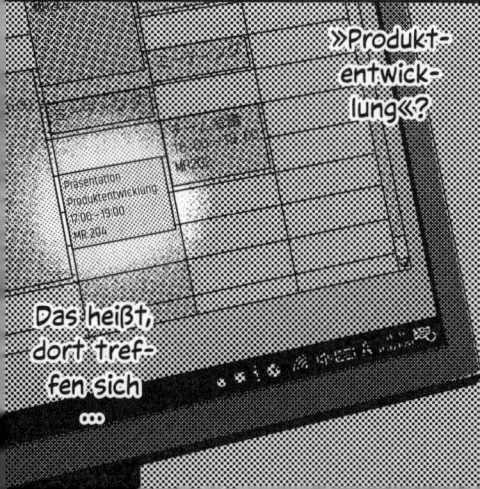

Im Mee-
tingraum
204, bis
19 Uhr
...

...

Nur kurz
schauen
...

MEETING
ROOM
203

MEETING
ROOM
203

Hach!
Endlich
fertig!

カッチャ
Katschack

あはは
Ha ha ha

Stotter **かみかみ** Stammel

Stotter

Ach wirklich? Vielleicht wird es sogar noch schlimmer?

かみっ
Stotter

So schlimm hab ich mich nicht versprochen!

D... Dieses Produkt, äh, das Konzept ist, äh ...!

••• **letztes Mal** •••

Sie war auch ...

Aber die Präsentation war für deine Verhältnisse gut gelungen.

Tut mir leid, dass ich mich heute nicht gemeldet habe!

Ah, Asako!

Hallo?

Tuiuu

Tuiuu

Bist du schon daheim?

Wollen wir nach der Arbeit vielleicht essen gehen?

Hast du morgen Abend etwas vor?

Sorry ...

Ja, ich bin gerade rein.

Ssst

Hmm ...

Hast du auf etwas Bestimmtes Appetit? Dann würde ich ein passendes Restaurant suchen.

Sie hat auf-gelegt …
Das war nicht mal eine Minute.
Sie klang anders als sonst.
Ich hätte gern noch mehr mit ihr geredet.
Geht es ihr vielleicht nicht gut?
Na ja, morgen kann ich sie ja se-hen.
Und be-schnup-pern!
Katschack
…
Dopp
Hach!

Hoffent-
lich hat
er nichts
bemerkt
...

Klang
ich ko-
misch?

Das Ge-
spräch der
beiden
...

ぽんっ… Patt

... geht mir
nicht aus
dem Kopf.

Es ist
nichts
passiert.

Sie ist
nur eine
seiner Kol-
leginnen.

... nie ernst,
Herr Na-
tori.

Sie
nehmen
mich
...

Es ist
nichts
passiert
...

Tropf

Tropf

Ah!

Warum
macht
mich das
fertig?

Es soll
aufhö-
ren!

Kapitel 7 / Ende

Mehr
war da
nicht.

Sie ist ein
hübsches
Mädchen und
Natori hat ihr
ein Lächeln
geschenkt.

Warum
kommen
mir also
die Trä-
nen?

Meine Tränen gestern haben mich selbst überrascht.

Durch das Weinen fühle ich mich et- was besser ...

... aber nun ...

Geht der Meetingraum okay?

Heute essen wir gemeinsam im Meeting- raum Mit- tag!

Gelesen 11:15

Ja, klar.

Dann reserviere ich Raum 201!

Danke!

Gelesen 11:20

... sind meine Augen ge- schwollen.

8 Stressbedingte Geruchsveränderung und Maßnahmen dagegen

Ich will nicht, dass Natori meinetwegen bedrückt ist.

Außerdem freue ich mich, ihn sehen zu können.

Haah

はぁー...!

Das ist das erste Mal, dass mir etwas anderes als Schweiß Sorgen macht.

Aber es ist schon besser als heute früh.

ガ
バ
キ
ャ
...

Katschack

Ah!

Hallo, Asako!

Also werde ich mich ...

... so verhalten wie immer!

Hm?
Danke, ist schon okay!
Dieser Geruch!
Ist das derselbe wie im Kino?
Kann es sein, dass sie sich gestern nicht wohlgefühlt hat?
Was isst du?
Bratnudeln!
Schreck
Sag mal …
… sind deine Augen geschwollen?
Ähm …
Oh nein, er hat es bemerkt!
Sieht es noch immer schlimm aus?
Ehrlich gesagt hab ich …
… gestern geweint.
Was ?!

Ein Video?

Ich hab näm-
lich ein Video
gesehen, in dem
eine Katze darauf
wartet, dass ihr
Besitzer aus der
Klinik zurück-
kehrt!

Tadaaa

Meine Eltern
haben auch
eine Katze.

Ach
so?

Deswegen
gehen mir sol-
che Tiervideos
sehr nahe.

Dieses
Video hat
mich tat-
sächlich zu
Tränen ge-
rührt.

Ich will
weder lügen,
noch dass er
sich Sorgen
machen
muss.

Das
hat

... gut ge-
klappt!

Positiv!

Negativ...

Dieses Gefühl müsste eher eine positive Emotion sein.

Die Trauer am Anfang ist negativ, doch beim guten Ende sollten die Glückshormone überwiegen.

Deswegen müsste Asako eigentlich wie sonst riechen, wenn sie glücklich ist.

Hamm

Hamm

SIrt

Das ergibt keinen Sinn!

Was ist mit ihr los?

Äußerlich ist ihr nichts anzumerken ...

... aber sie riecht so ähnlich wie damals, als sie im Kino traurig war.

?

Was hat er nur?

Irgendetwas bereitet ihm Kopfzerbrechen.

Mist!

Ich muss gründlich an dir riechen.

A... Aber ich kann ...

... dabei nicht essen!

Äh?

Iss solang ruhig weiter, wenn du magst.

Gwwt
ギゥ...

Ich muss an unsere gemeinsame Nacht denken!

Oh nein!

Ah!

Jetzt ist ihr Bouquet etwas süßlicher!

Oh?

Äh ...

Sag mal ...

... freust du dich gerade?

Das war das erste Mal, dass ich mich wegen einer Nachricht ...

Ich kann dich gut verstehen.

... so unsicher gefühlt habe.

Ja, das ist es.

Während der Arbeit kann auch ich manchmal nicht antworten.

... sind meine Gefühle zu jenem Zeitpunkt ins Negative gerutscht.

ぽんっ.. Patt

Durch die Verunsicherung ...

...

Es ist schon okay.

Tut mir leid, dass ich dir Sorgen bereitet habe.

Aber deshalb musst du dich nicht genötigt fühlen, immer sofort zu antworten.

Als ich sie das erste Mal gesehen habe, habe ich nichts gespürt.

Danke, dass du so ehrlich bist!
Wapp
!
Du musst dich nicht entschuldigen.
Es ist gut zu wissen ...
... wann und warum du dich traurig fühlst.
Du kannst nämlich lächeln, obwohl du innerlich weinst.
Genau das macht mir Sorgen.

Du riechst so gut Band 1 / Ende

Haah

Bonus Story
Nach der zweiten Runde

(Diese Story spielt nach Kapitel 5.)

... nur ... ... ausruhen.

Hah

Es geht. Muss mich ...

Hah

Du bist ja noch nicht dran gewöhnt ...

Ist alles in Ordnung?

Ssst

Wapp

Im Internet stand, dass Bettgeflüster wichtig ist, aber

Uuuurgh   Yaeshima?!

Beim ersten Mal bin ich vor Erschöpfung sofort eingeschlafen.

Jetzt, wo ich daran denke ...

Bonus Story / Ende

Nachwort Kintetsu Yamada

Mein Redakteur meinte, dass in jedes Manga ein Nachwort gehört. Daher gebe ich mir mal Mühe, etwas zu schreiben ...

Keine Ahnung, was ich schreiben soll.

Mein Name ist Yamada.

Danke, dass ihr Band 1 von Du riechst so gut gelesen habt.

Redaktion

Machen wir daraus das erste Kapitel! Du kannst gerne weiterschreiben.

... ich mich an die Fortsetzung machen durfte.

Was ?!

Im Ernst ?!

Vorbereitung auf ...

... den nächsten One-Shot.

Zum Glück bekam die Geschichte so gute Kritiken, dass ...

Sie wurde im Januar 2018 im D Morning veröffentlicht.

Das erste Kapitel war ursprünglich eine abgeschlossene Geschichte.

Es ist mein erster Manga, der wöchentlich herauskommt. Ich muss noch viel lernen und werde mich mächtig ins Zeug legen!

Verbeug

＾°⊂リ

Die Veröffentlichung dieses Bandes verdanke ich nur meinen Lesern und Leserinnen! Vielen, vielen Dank!

Daher liste ich hier mal die Sachen auf, die ich gerne mag.

Decke

Ich bin nicht gut darin, über mich selbst zu sprechen.

was soll ich schrei-ben?

Ich kotz gleich ...

---

❶ Skizze → hellblauer Druckbleistift

Anscheinend drücke ich zu stark auf, weil der Bleistift ständig abbricht. Egal, Hauptsache, er schreibt.

❷ Nachzeichnen der Konturen → Maru-Pen (bei großen Szenen G-Pen)

PEN HOLDER NO.1 MAKOU

Der Stift wird offenbar nicht mehr verkauft.

❸ Asakos Brille. Ovale Schablo-nen von 15 bis 55 Grad.

Färben tue ich zwar digital, aber die Strichzeichnun-gen werde ich auch weiterhin analog anfertigen.

Huff Huff

Kritz Kritz

Das Nachzeichnen der Konturen ist immer ein Kampf gegen das Papier. Ich liebe das Gefühl, wenn die Feder über das Papier kratzt. Manche Zeichenfedern machen jedoch unscharfe Linien. Sie sind wie wilde Pferde, die gezähmt werden müssen.

● Tusche

Pilot Drawing Ink

Ich liebe die Zeichenfedern der Firma Nikko.

● Manuskriptpapier

Meine Lieblingssachen
Volume 1: »Ich liebe es, analog zu zeichnen«

Die Zeichnungen von Du riechst so gut fertige ich zuerst analog an und scanne sie dann ein. Danach werden der Hintergrund, die Effekte und vieles mehr digital hinzugefügt.

Ich veröffentli-che ab und zu Zeichnungen auf Twitter. Wenn ihr Lust habt, schaut doch mal vorbei. @KintetsuYMD

Special Thanks

Redakteur: Suzuki
Ab und zu meine Privat-köchin: Mutter

Staff

Moe Sanada und Shijima

help

Yukinori Kawaguchi, Yuto Nibutani und viele andere, die mir bei der Arbeit an diesem Manga geholfen haben.
Vielen Dank!

Ups, kein Platz mehr. Also dann!

Wir sehen uns!

Beim BH-Kauf

Bitte lies diesen Manga erst, nachdem du Kapitel 6 gelesen hast.

Kintetsu Yamada

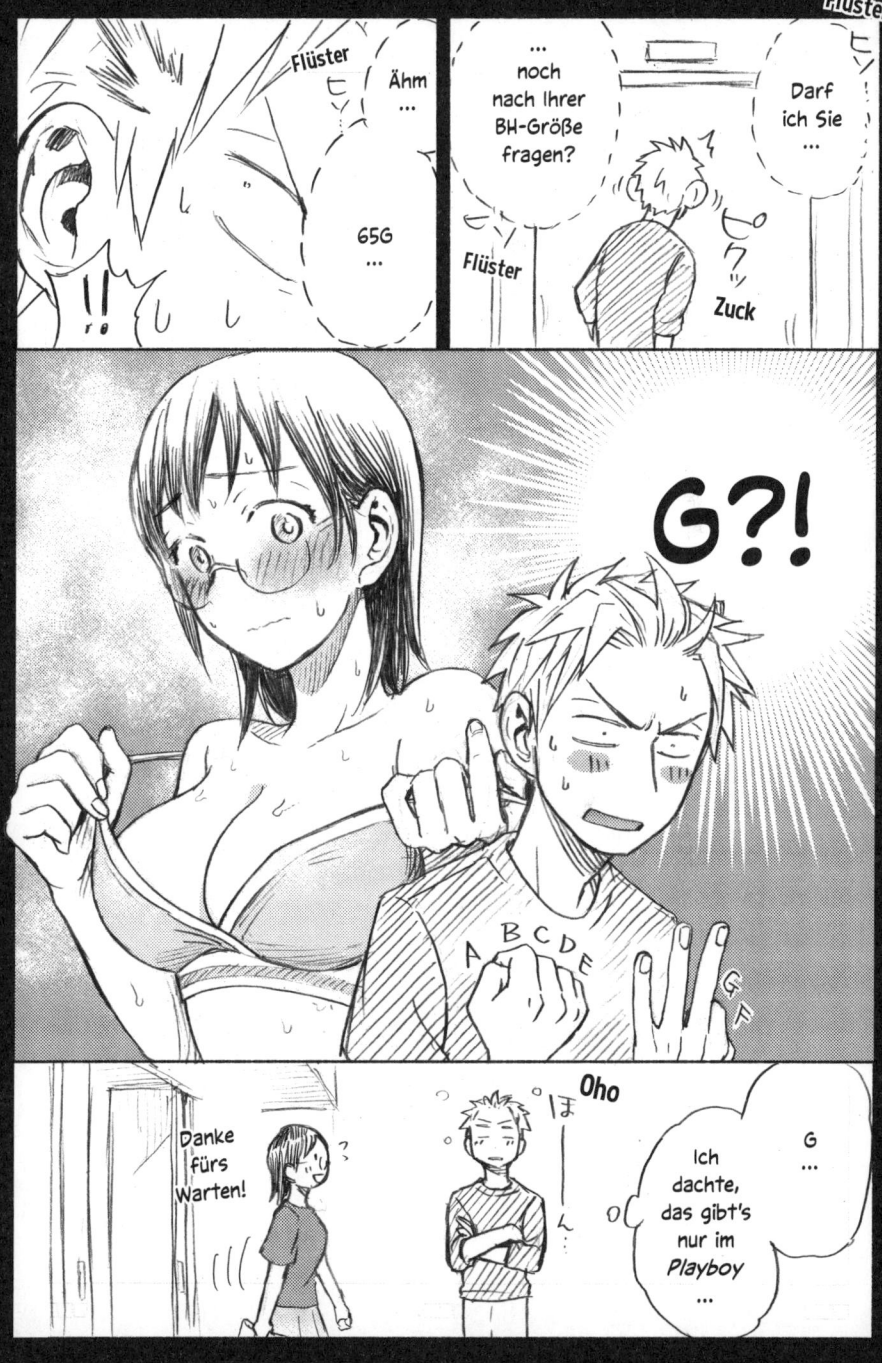

Ende

Kintetsu Yamada

Erst jetzt habe ich gemerkt, dass
der Farbdruck im japanischen Original
kaum zur Geltung kommt, weil mein
Profilbild eine Milchpackung ist. Solche und viele andere Entdeckungen
bringt das Zeichnen einer Manga-
serie mit sich. Mir ist klar, dass ich
mir noch mehr Mühe geben muss,
aber fürs Erste liegt mir nur eine
Sache am Herzen: Ich freue mich
riesig über mein erstes Buch!

Originalrezept von
Du riechst so gut
(aber ohne Garantie)

Hühnerschenkel mit
Lauchzwiebeln

aus Kapitel 6

Zutaten (für 1 bis 2 Portionen)
- 2 Hühnerschenkel
- 2 TL Kochwein
- Salz und Pfeffer
- Kartoffelstärke

[Lauchzwiebelsoße]
- 1 Bund Lauchzwiebeln
- 1 EL Essig und Sesamöl
- 1 EL Sojasoße
- 2 TL Zucker
- Geriebener Ingwer, so viel ihr wollt
  (wir nehmen etwa 1 TL)

1. Die Lauchzwiebeln in kleine Stückchen schneiden und mit den Zutaten der Soße vermengen.
2. Die Hühnerschenkel in mundgerechte Stücke schneiden. Anschließend Kochwein, Salz und Pfeffer in das Fleisch einreiben und das Ganze in Kartoffelstärke wenden.
3. Das Öl in einer Pfanne erhitzen, dann das Fleisch auf niedriger bis mittlerer Stufe gründlich braten.
4. Das Fleisch servieren und zuletzt die Lauchzwiebelsoße darübergießen. Guten Appetit!

* Ich übernehme keine Garantie, dass etwas Leckeres dabei herauskommt. Aber bei mir zu Hause hat es geschmeckt ...

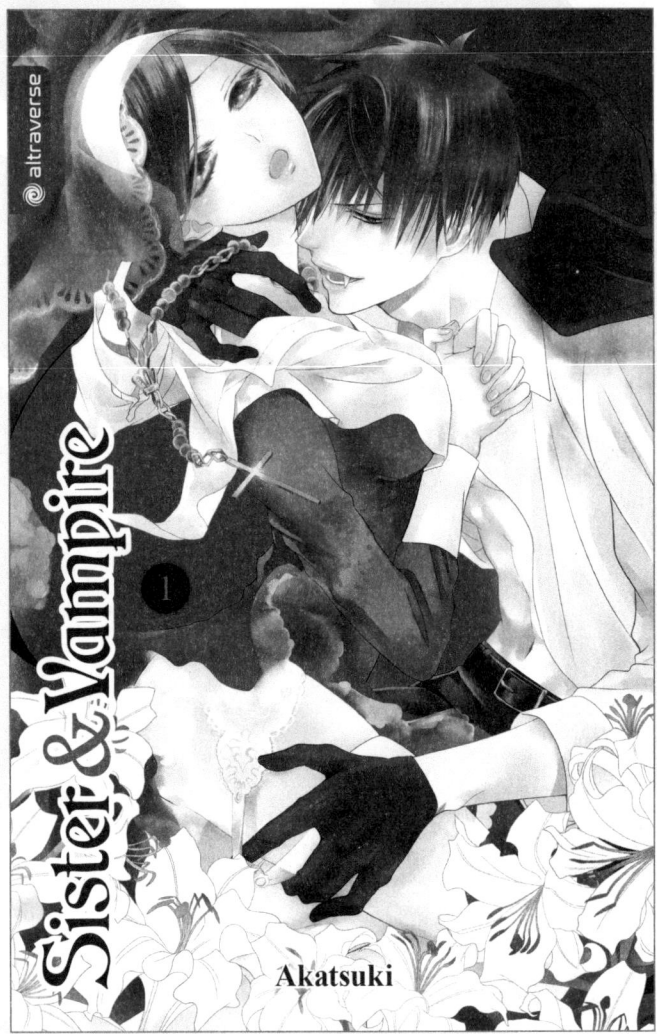

Sister & Vampire

Akatsuki

Ein Vampir treibt sein Unwesen und auch Ordensschwester Erna fällt ihm zum Opfer. Doch der verführerische Richter verschont sie und Erna meint, sein gutes Herz zu erkennen. Um ihn zu bekehren, folgt sie ihm und trotzt jeder Gefahr. Wird es ihr gelingen, ihn zu läutern, oder wird sie am Ende selbst auf die dunkle Seite gezogen werden?

Sister & Vampire — Hypnose

Akatsuki

Schwester Alicia wird vom Gift des gut aussehenden Vampirs Albert zur Unzüchtigkeit vor Gott getrieben. Nacht für Nacht schlägt er seine Fänge in ihre zarte Haut und droht sie mit seinen Avancen vom rechten Weg abzubringen. Ist es Grausamkeit, die Albert leitet, oder kann ein Vampir doch echte Liebe verspüren?

Game – Lust ohne Liebe

Mai Nishikata

Sayo ist eine echte Karrierefrau. Doch das schreckt die Männer ab. Keiner von ihnen scheint mit einer Frau umgehen zu können, die erfolgreicher ist als er. Frustriert lässt sie sich auf ein erotisches Spiel mit ihrem neuen Kollegen ein: Nur Sex, keine Gefühle lautet die Devise!

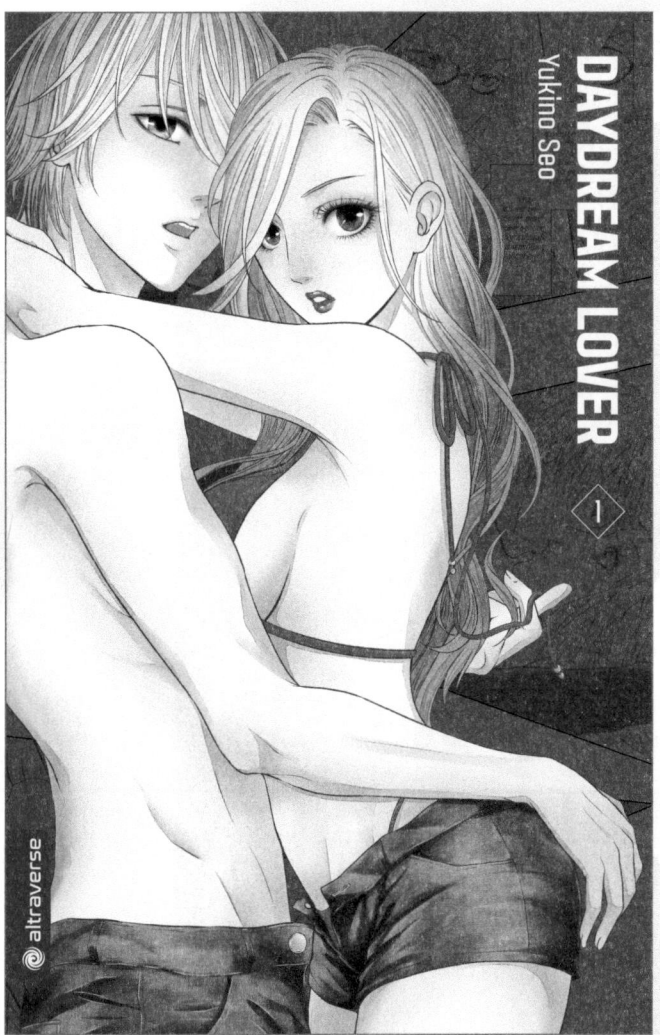

Daydream Lover

Yukino Seo

Jun sieht aus wie ein sexy Vamp, aber eigentlich ist sie ein schüchternes Mauerblümchen – und immer noch Jungfrau! Wann immer ihr ein süßer Typ begegnet, flüchtet sie sich in ihre erotischen Tagträume. Dabei wohnt der Mann ihrer Träume gleich nebenan ...

Nur du darfst mich fesseln

Erin Kijima

Kaori ist schon lange heimlich in den Mann ihrer Schwester verliebt. Als die Ehe der beiden in die Brüche geht, wittert sie ihre Chance und möchte die neue Muse ihres Ex-Schwagers werden. Doch der kann nur das malen, was ihm gehört. Ist Kaori bereit, ihm alles zu geben, wonach er verlangt ...?

1

Akimi Hata

Ein Traum von Liebe

30 – Ein Traum von Liebe

Akimi Hata

Shino ist dreißig, im Beruf sehr erfolgreich, aber immer noch Single. Ihre Familie und ihr Umfeld sind der Meinung, sie sollte nun langsam auch heiraten. Und eigentlich denkt Shino das irgendwie auch, da sie es gern geordnet mag. Da spricht sie eines Abends der fast zehn Jahre jüngere Mayuki an und bittet sie, seine Freundin zu werden. So ein junger Kerl ist natürlich nichts zum Heiraten, aber vielleicht hat er ja andere Vorzüge ...?

Küsse & Schüsse — Verliebt in einen Yakuza

Nozomi Mino

Als die Studentin Yuri auf einer Party in Schwierigkeiten gerät, wird sie von dem jungen Clanerben Oya gerettet. Darauf verlieben sich beide Hals über Kopf ineinander und das Feuer der Leidenschaft beginnt lichterloh zu brennen. Doch schon bald fallen Schüsse und Yuri muss feststellen, dass ihr neues Leben als Freundin eines Yakuza alles andere als ungefährlich ist.

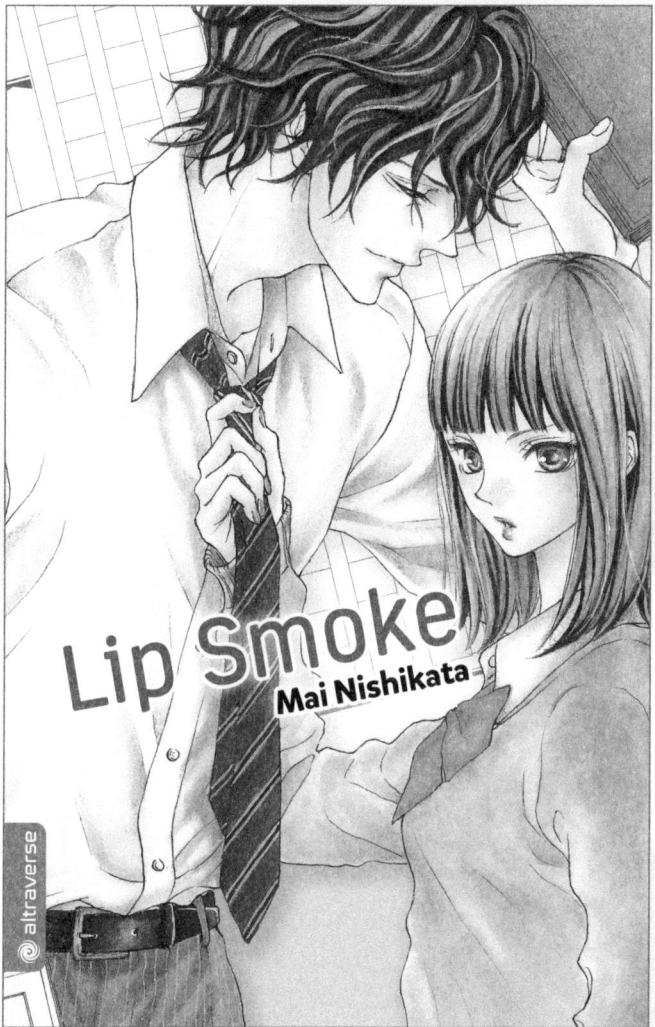

Lip Smoke

Mai Nishikata

Schriftsteller Kazuki Seta hat eine schwere Schreibblockade. Er soll eine
Geschichte über einen unschuldigen Kuss schreiben. Doch er kann sich
nicht erinnern, wie sich diese angefühlt haben. Kurzerhand heuert er die
Schülerin Setsuna Iwato an, damit sie ihm die Unschuld der Jugend wieder nahebringt. Aber ist das wirklich nur irgendein Job?

Liebe & Herz

Chitose Kaido

Yo Yagisawa hat im ersten Semester eigentlich genug Probleme. Aber als ein wildfremder Schönling plötzlich bei ihr einzieht und behauptet, ihr Kindheitsfreund zu sein, fängt der Trubel richtig an! Auf einmal beginnen die unheimlichsten Dinge zu passieren. Wer ist dieser Typ und schwebt Yo in Gefahr?

Keine Cheats für die Liebe

Fujita

Nerd sein ist nicht leicht! Sobald die Männer erfahren, dass Narumi ein Fangirl ist, nehmen sie Reißaus. Die Lösung: Ein Nerd muss her – meint zumindest ihr Kindheitsfreund Hirotaka, selbst eingefleischter Gamer, und stellt sich auch gleich zur Verfügung. Ist dies der Beginn einer mangareifen Romanze oder heißt es am Ende doch Game over?

After the Rain

Jun Mayuzuki

Nach einer Verletzung muss Akira ihren geliebten Sport aufgeben. Erfüllung findet sie in ihrem Job in einem Restaurant – vor allem, da sie bis über beide Ohren in ihren Chef verknallt ist. Doch der kann sein Glück nicht glauben: Warum sollte ein junges Mädchen an einem alten Verlierer interessiert sein?

Lust auf ein Date?

Tamifull

Miwa mag eigentlich schon immer Mädchen, hat sich bisher aber nie getraut, offen dazu zu stehen. Mit Beginn ihres Studiums soll sich das ändern. Gleich am ersten Tag an der Uni trifft sie auf die sehr offene und direkte Saeko, die von Miwa sofort begeistert ist. Kann aus der spontanen Zuneigung, die die beiden füreinander empfinden, eine richtige Beziehung entstehen ...?

altraverse

Deutsche Ausgabe / German Edition
Altraverse GmbH – Hamburg 2023
Aus dem Japanischen von Nana Umino

ASE TO SEKKEN © 2018 Kintetsu Yamada
All rights reserved.
First published in Japan in 2018 by Kodansha Ltd., Tokyo.
Publication rights for this German edition
arranged through Kodansha Ltd., Tokyo.

Redaktion: Anne Faltin
Herstellung: Madlyn Weyhe
Lettering: Vibrant Publishing Studio

Druck: CPI books GmbH, Leck
Printed in Germany

Alle deutschen Rechte vorbehalten.
ISBN 978-3-96358-700-9
2. Auflage 2023

www.altraverse.de